COLLECTION CH. SEDELMEYER

QUATRIÈME VENTE

TABLEAUX

Aquarelles & Dessins de l'École Moderne & Dessins Anciens

Le Mercredi 12, Jeudi 13 & Vendredi 14 Juin 1907

A DEUX HEURES

GALERIE SEDELMEYER, 4bis, rue de La Rochefoucauld

Exposition particulière : Lundi 10 Juin 1907, de 10 à 6 heures.
— *publique :* Mardi 11 Juin 1907, de 10 à 6 heures.

---

*

Commissaire-Priseur :	Expert :
Mᵉ Paul CHEVALLIER	Jules FÉRAL
10, rue de la Grange-Batelière	7, rue Saint-Georges

CONDITIONS DE LA VENTE

La vente sera faite au comptant.

Les acquereurs paieront **dix pour cent** *en sus des enchères.*

TABLEAUX MODERNES
DE L'ÉCOLE FRANÇAISE

Prix
d'expertise

Prix
d'adjudication

1. **BERGERET** (Denis-Pierre). *Crevettes et Goujons.*

Panneau. — H., 0,21 ; L., 0,52.

2. **BERGERET** (Denis-Pierre). *Les Cerises.*

Panneau. — H., 0,45 ; L., 0,55.

3. **BRETON** (Jules). *Jeune Bretonne allaitant son Enfant.*

Panneau. — H., 0,435 ; L., 0,305.

4. **BRETON** (Jules). *Le Retour des Moissonneuses.*

Toile. — H., 0,75 ; L., 0,62.

5. **BRETON** (Émile). *La Gelée.*

Toile. — H., 0,88 ; L., 0,70.

6. **BRETON** (Émile). *L'Hiver dans la Forêt.*

Toile. — H., 0,53 ; L., 0,83.

7. **BURGERS** (Henri). *Le Sommeil de la Vierge.*

Toile. — H., 0,935 ; L., 1,28.

8. **BURGERS** (Henri). *Jeune Femme Peintre.*

Panneau. — H., 0,26 ; L., 0,20.

9. **BURGERS** (Henri). *La Femme au Parasol.*

Panneau. — H., 0,31 ; L., 0,20.

10. **BURGERS** (Henri). *Cimetière à Venise.*

Toile. — H., 0,53 ; L., 0,75.

11. **CARAUD** (Joseph). *La Lettre.*

Toile. — H., 0,65 ; L., 0,63.

12. **CAROLUS-DURAN** (Émile-Auguste). *Pudeur.*

Toile. — H., 0,635 ; L., 0,53.

13. **CAROLUS-DURAN** (Émile-Auguste). *Portrait de Gustave Doré.*

Toile. — H., 1,92 ; L., 1,26.

14. **COROT** (Jean-Baptiste-Camille). *Vaches au bord d'une Mare.*

Toile. — H., 0,345 ; L., 0,535.

15. **COROT** (Jean-Baptiste-Camille). *Carrière à Syracuse.*

Panneau. — H., 0,32 ; L., 0,23.

16. **COROT** (Jean-Baptiste-Camille). *Le Champ.*

Toile. — H., 0,125 ; L., 0,235.

17. **COROT** (Jean-Baptiste-Camille). *Nymphe couchée.*

Toile. — H., 0,54 ; L., 0,67.

18. COROT (Jean-Baptiste-Camille). *Le Passeur.*

Toile. — H., 0,605 ; L., 0,775.

19. COROT (Jean-Baptiste-Camille). *Maison de Pêcheurs au Bord d'un Port.*

Toile. — H., 0,37 ; L., 0,545.

20. COROT (Jean-Baptiste-Camille). *Chemin au Bord de la Bièvre.*

Toile. — H., 0,39 ; L., 0,31.

21. COROT (Jean-Baptiste-Camille). *Le Pré.*

Toile. — H., 0,305 ; L., 0,515.

22. DAUBIGNY (Charles-François). *Lever de Lune.*

Toile. — H., 1,31 ; L., 2,05.

23. DAUBIGNY (Charles-François). *Bord de Rivière au Soleil couchant.*

Panneau. — H., 0,205 ; L., 0,32.

24. DAUBIGNY (Charles-François). *Les Bords de l'Oise, le Matin.*

Panneau — H., 0,33 ; L., 0,57.

25. DAUBIGNY (Charles-François). *Troupeau de Moutons paissant au bord de l'Oise.*

Panneau. — H., 0,37 ; L., 0,66.

26. DAUBIGNY (Charles-François). *Lever de Lune.*

Panneau. — H., 0,24 ; L., 0,295.

27. DAUBIGNY (Charles François). *Troupeau de Moutons en Plaine. (Effet de Lune.)*

Toile. — H., 0,50 ; L., 0,84.

28. DAUBIGNY (Charles-François). *Ruisseau dans la Plaine d'Optevoz.*

Panneau. — H., 0,305 ; L., 0,515.

29. DAUBIGNY (Charles-François). *L'Oise à Auvers.*

Panneau. — H., 0,38 ; L., 0,655.

30. DAUBIGNY (Charles-François). *Le Château Gaillard au Petit Andelys.*

Panneau. — H., 0,375 ; L., 0,655.

31. DAUBIGNY (Karl-Pierre). *Coucher de Soleil sur la Mer.*

Toile. — H., 0,49 ; L., 0,80.

32. DELACROIX (Eugène). *Henri IV et Gabrielle d'Estrées.*

Toile. — H., 0,37 ; L., 0,51.

33. DELACROIX (Eugène). *La Sultane.*

Panneau. — H., 0,315 ; L., 0,235.

34. DEMONT (Adrien). *Sainte Famille.*

Toile. — H., 0,98 ; L., 1,48.

35. DEMONT (Adrien). *Les Marguerites.*

Toile. — H., 0,885 ; L., 1,61.

36. DEMONT (Adrien). *L'Hiver en Flandre.*

Toile. — H., 0,85 ; L., 1,47.

37. DEMONT (Adrien). *Une Ferme.*

Toile. — H., 0,39 ; L., 0,54.

38. DEMONT (Adrien). *Première Annonciation.*

Toile. — H., 0,675 ; L., 1,06.

39. DEMONT-BRETON (Virginie). *Giotto.*

Toile. — H., 0,56; L., 0,4

40. DETAILLE (Édouard). *Le Mobile tué (Fragment du Panorama de Rezonville).*

Toile. — H., 0,735; L., 1,04.

41. DIAZ DE LA PENA (Narcisse). *Les dernières Larmes.*

Toile. — H., 3,86; L., 2,56.

42. DIAZ DE LA PENA (Narcisse). *En Forêt.*

Toile. — H., 1,07; L., 1,435.

43. DIAZ DE LA PENA (Narcisse). *La Fillette au Chien blanc.*

Panneau. — H., 0,23; L., 0,18.

44 DIAZ DE LA PENA (Narcisse). *La jeune Femme au Chien.*

Panneau. — H., 0,21; L. 0,165.

45. DIAZ DE LA PENA (Narcisse). *Chiens à l'Entrée d'un Bois.*

Toile. — H., 0,205; L., 0,155.

46. DIAZ DE LA PENA (Narcisse). *Bouquet de Fleurs.*

Panneau de forme ovale. — H., 0,255; L., 0,185.

47. DIAZ DE LA PENA (Narcisse). *La Sœur aînée.*

Panneau. — H., 0,455; L., 0,285.

48. DIAZ DE LA PENA (Narcisse). *La Clairière dans la Forêt.*

Toile. — H., 0,45; L., 0,58.

49. DIAZ DE LA PENA (Narcisse). *Le Chêne.*

Panneau. — H., 0,40; L., 0,56.

50. DUEZ (Ernest-A.) *La petite Vague. Villerville.*

Toile. — H., 0,60; L., 0,81.

51 DUPRÉ (Jules). *Coucher de Soleil sur la Mer.*

Toile. — H., 0,315; L., 0,38.

52. DUPRÉ (Jules). *La Rivière.*

Panneau. — H., 0,27; L., 0,48.

53. FRÈRE (Pierre-Édouard). *Intérieur de Cuisine.*

Toile. — H., 0,37; L., 0,45.

54. FRÈRE (Pierre-Édouard). *Le Dimanche des Rameaux.*

Panneau. — H., 0,36; L., 0,265.

55. FROMENTIN (Eugène). *Le Fauconnier.*

Toile. — H., 0,615; L., 0,79.

56. GIRODET-TRIOSON (Anne-Louis). *Tête de Dragon.*

Toile. — H., 0,71; L., 0,57.

57. GOUPIL (Jules). *La Lettre d'Adieu.*

Panneau. — H., 0,60; L., 0,40.

58. GUILLEMIN (Alexandre-Marie). *L'Abandonnée.*

Panneau. — H., 0,35; L., 0,27.

59. HEILBUTH (Ferdinand). *Idylle dans le Bois.*

Toile. — H., 1,14; L., 1,49.

60. HENNER (Jean-Jacques). *Mélancolie.*

Panneau. — H., 0,26; L., 0,215.

61. **ISABEY (Eugène-Louis-Gabriel).** *Louis-Philippe gagnant l'Angleterre sur un Bateau de Pêche.*

Toile. — H., 0,705 ; L., 0,985.

62. **JEANNIN (Georges).** *Fleurs dans un Parc.*

Toile. — H., 1,02 ; L., 1,30.

63. **LANSAC (François-Émile de).** *Combat d'Arcis-sur-Aube (20 Mars 1814).*

Toile. — H., 0,795 ; L., 1,08.

64. **LAURENS (Jean-Paul).** *Une Victime des Borgia.*

Toile. — H., 0,64 ; L., 0,515.

65. **LOIR (Luigi).** *Les Grands Boulevards, le Soir.*

Toile. — H., 0,60 ; L., 1,07.

66. **MARILHAT (Prosper).** *La Mosquée, à Alger.*

Toile. — H., 0,54 ; L., 0,80.

67. **MARILHAT (Prosper).** *Le Repos de la Caravane.*

Toile. — H., 0,365 ; L., 0,53.

68. **MEISSONIER (Jean-Louis-Ernest).** *M. Thiers sur son Lit de Mort.*

Panneau. — H., 0,135 ; L., 0,15.

69. **MEISSONIER (Jean-Louis-Ernest).** *Le Jardin de Poissy.*

Panneau. — H., 0,265 ; L., 0,345.

70. **MEISSONIER (Jean-Louis-Ernest).** *Vue de Venise.*

Panneau. — H., 0,14 ; L., 0,23.

71. **MEISSONIER (Jean-Louis-Ernest).** *A Venise.*

Panneau. — H., 0,14 ; L., 0,23.

72. **MEISSONIER (Jean-Louis-Ernest).** *Antibes.*

Panneau. — H., 0,135 ; L., 0,27.

73. **MEISSONIER (Jean-Louis-Ernest).** *Antibes.*

Panneau. — H., 0,215 ; L., 0,35.

74. **MEISSONIER (Jean-Louis-Ernest).** *Une Plage.*

Panneau. — H., 0,105 ; L., 0,17.

75. **MEISSONIER (Jean-Louis-Ernest).** *Avant-Main de Cheval bai.*

Panneau. — H., 0,125 ; L., 0,175.

76. **MEISSONIER (Jean-Louis-Ernest).** *Lévrier blanc.*

Panneau. — H., 0,095 ; L., 0,11.

77. **MEISSONIER (Jean-Louis-Ernest).** *Étude de Paysage.*

Panneau. — H., 0,11 ; L., 0,14.

78. **MEISSONIER (Jean-Louis-Ernest).** *Portrait de Mme X...*

Panneau. — H., 0,34 ; L., 0,25.

79. **MEISSONIER (Jean-Louis-Ernest).** *Printemps.*

Panneau. — H., 0,105 ; L., 0,08.

80. **MEISSONIER (Jean-Louis-Ernest).** *Sous Bois.*

Panneau. — H., 0,135 ; L., 0,20.

81. **MEISSONIER (Jean-Louis-Ernest).** *Paysage (Étude).*

Panneau. — H., 0,07 ; L., 0,115.

82. **MEISSONIER (Jean-Louis-Ernest)**. *Venise. (Étude sur un Canal)*.

Panneau. — H., 0,175; L., 0,14. ....

83. **MICHEL (Georges)**. *Le Chemin à travers la Plaine*.

Toile. — H., 0,50; L., 0,65. ....

84. **MUENIER (J.-A.)**. *L'Heure tendre*.

Toile. — H., 0,31; L., 0,39. ....

85. **MÜLLER (Camille)**. *Le Chaudron*.

Toile. — H., 0,37; L., 0,445. ....

86. **MÜLLER (Camille)**. *Groseilles rouges et blanches*.

Toile. — H., 0,44; L., 0,64. ....

87. **MÜLLER (Camille)**. *Marée basse au Tréport*.

Toile. — H., 0,31; L., 0,29. ....

88. **PLASSAN (Antoine-Émile)**. *Causerie après la Lecture*.

Panneau. — H., 0,255; L., 0,21. ....

89. **RAOUL-MARIE**. *Les Lavandières*.

Toile. — H., 0,55; L., 0,44. ....

90. **RAOUL-MARIE**. *Le Repos des Promeneurs au Bord de l'Eau*.

Toile. — H., 0,365; L., 0,45 ....

91. **RAOUL-MARIE**. *Pêcheurs à la Ligne à Billancourt*.

Toile. — H., 0,33; L., 0,48. ....

92. **RIBOT (Théodule)**. *Tête de Vieillard*.

Toile. — H., 0,505; L., 0,455. ....

93. **ROUSSEAU (Théodore)**. *La Vallée*.

Toile. — H., 0,26; L., 0,39. ....

94. **ROUSSEAU (Théodore)**. *La Mare dans la Forêt*.

Panneau. — H., 0,295; L., 0,445. ....

95. **ROUSSEAU (Théodore)**. *En Forêt*.

Toile. — H., 0,64; L., 0,535. ....

96. **ROUSSEAU (Théodore)**. *La Forêt*.

Toile. — H., 0,16; L., 0,29. ....

97. **ROZIER (Jules)**. *La Plaine à l'Entrée du Bois*.

Panneau. — H., 0,35; L., 0,45. ....

98. **SCHEFFER (Ary)**. *L'Enfant blond*.

Toile. — H., 0,395; L., 0,315. ....

99. **TISSOT (James)**. *La Galerie d'Apollon du Louvre*.

Toile. — H., 0,435; L., 0,305. ....

100. **TISSOT (James)**. *Au Louvre*.

Toile. — H., 0,63; L., 0,45. ....

101. **TOURNIER-CUNO (Mme Pauline)**. *Les Glaïeuls*.

Toile. — H., 1,28; L., 0,85. ....

102. **TOURNIER-CUNO (Mme Pauline)**. *La Jardinière de Cuivre*.

Toile. — H., 0,41; L., 0,64. ....

103. **TOURNIER-CUNO (Mme Pauline)**. *Fleurs dans un Vase de Cristal*.

Toile. — H., 0,89; L., 0,69. ....

104. TOURNIER-CUNO (Mme **Pauline**). *Grenades et Chrysan-thèmes.*
Toile. — H., 0,48; L., 0,58. ....

105. TOURNIER-CUNO (Mme **Pauline**). *Raisins et Framboises.*
Toile. — H., 0,31; L., 0,39. ....

106. TOURNIER-CUNO (Mme **Pauline**). *Fleurs et Fruits.*
Toile. — H., 0,80; L., 1,30. ....

107. TOURNIER-CUNO (Mme **Pauline**). *Grenades et Raisins.*
Toile. — H., 0,53; L., 0,71. ....

108. TOURNIER-CUNO (Mme **Pauline**). *Les Raisins.*
Toile. — H., 0,31; L., 0,39. ....

109. TOURNIER-CUNO (Mme **Pauline**). *Tulipes et Lilas.*
Toile. — H., 0,495; L., 0,61. ....

110. TOURNIER-CUNO (Mme **Pauline**). *Une Gerbe de Fleurs.*
Toile. — H., 0,45; L., 0,57. ....

111. TOURNIER-CUNO (Mme **Pauline**). *Un Dessert.*
Toile. — H., 0,33; L., 0,53. ....

112. TOURNIER-CUNO (Mme **Pauline**). *Fraises et Roses trémières.*
Toile. — H., 0,50; L., 0,61. ....

113. TOURNIER-CUNO (Mme **Pauline**). *Fleurs, Bouteille et Verre.*
Toile. — H., 0,31; L., 0,39. ....

114. TOURNIER-CUNO (Mme **Pauline**). *Fleurs de Pommiers dans un Vase.*
Toile. — H., 0,76; L., 0,62. ....

115. TOURNIER-CUNO (Mme **Pauline**). *Giroflées et Azalées.*
Toile. — H., 0,72; L., 0,52. ....

116. TROYON (**Constant**). *La Charrette de Blé.*
Toile. — H., 0,445; L., 0,645. ....

117. TROYON (**Constant**). *Ferme dans la Montagne.*
Toile. — H., 0,71; L., 0,57. ....

118. VERNET (**Horace**). *La Batterie. (Campagne d'Algérie.)*
Toile. — H., 0,31; L., 0,30. ....

119. VOLLON (**Antoine**). *Le Vase de Cristal.*
Panneau. — H., 0,60; L., 0,49. ....

TABLEAUX MODERNES
DES ÉCOLES DIVERSES

120. BEAUDUIN (**Jean**). *La Fin de la Journée.*
Toile. — H., 0,72; L., 0,59. ....

121. BLOMMERS (**B. J.**) *Fermière faisant sécher du Linge.*
Toile. — H., 0,39; L., 0,47. ....

122. CHASE (**William M.**). *Le joyeux Enfant.*
Toile. — H., 0,46; L., 0,365. ....

123. **DOMINGO (José)**. *Le petit Virtuose.*
Panneau. — H., 0,71 ; L., 0,57.

124. **DOMINGO (José)**. *Au Bal masqué.*
Panneau. — H., 0,225 ; L., 0,18.

125. **FIVEASH (Rosa G.)**. *Branches fleuries.*
Toile. — H., 0,87 ; L., 0,41.

126. **FRITH (William Powell)**. *" The Spider and the Flies ".*
(L'Araignée et les Mouches.) Toile. — H., 0,71 ; L., 0,91.

127. **FRITH (William Powell)**. *" The Spider at Home ".*
(L'Araignée chez Elle.) Toile. — H., 0,71 ; L., 0,91.

128. **FRITH (William Powell)**. *" The Victims ". (Les Victimes.)*
Toile. — H., 0,71 ; L., 0,91.

129. **FRITH (William Powell)**. *" Judgement ". (Le Jugement.)*
Toile. — H., 0,71 ; L., 0,91.

130. **FRITH (William Powell)**. *" Retribution ". (Rétribution.)*
Toile. — H., 0,71 ; L., 0,91.

131. **GALLAIT (Louis)**. *La Bacchante couronnée de Lierre.*
Toile. — H., 0,56 ; L., 0,48.

132. **GAY (Walter)**. *Une Partie de Piquet.*
Panneau. — H., 0,35 ; L., 0,27.

133. **GEGERFELT (Wilhelm de)**. *Le Soir sur la Campagne.*
Toile. — H., 1,03 ; L., 1,62.

134. **GEGERFELT (Wilhelm de)**. *Lever de Lune sur la Rivière.*
Toile. — H., 0,58 ; L., 0,94.

135. **GEGERFELT (Wilhelm de)**. *L'Hiver au Bord du Canal.*
Toile. — H., 0,37 ; L., 0,64.

136. **HENDRICKS (Sarah)**. *Melon et Samovar.*
Toile. — H., 0,74 ; L., 0,99.

137. **HOETERICKX (Émilie)**. *L'Heure des Baigneurs à la Plage*
de Ramsgate. Toile. — H., 0,435 ; L., 0,74.

138. **HOWE (William H.)**. *Vaches au Pâturage.*
Toile. — H., 0,62 ; L., 0,83.

138*bis*. **HOWE (William H.)**. *Vache couchée dans un Pâturage.*
Toile. — H., 0,27 ; L., 0,35.

139. **JONGHE (Gustave de)**. *La Plage, l'Heure du Bain.*
Panneau. — H., 0,75 ; L., 1,00.

140. **JONGHE (Gustave de)**. *La Promenade à Ane sur la Plage.*
Panneau. — H., 0,59 ; L., 0,84.

141. **KNAUS (Louis)**. *La jolie Bouquetière.*
Toile. — H., 0,73 ; L., 0,60.

142. **KNYFF (Alfred de)**. *La Marée montante.*
Toile. — H., 0,59 ; L., 0,80.

143. **LAIDLAY (W. J.)**. *La Plage à Marée basse.*
Toile. — H., 0,525 ; L., 0,98.

144. **LESSI (Tito)**. *Milton visitant Galilée à Florence, en 1640.*
Panneau. — H., 0,39 ; L., 0,49.

145. LESSI (Tito). *Une Lecture chez Piron.*
Panneau. — H., 0,305 ; L., 0,45.

146. LESSI (Tito). *La Répétition d'une Messe au Vatican.*
Toile. — H., 0,63 ; L., 0,83.

147. LESSI (Tito). *Une Lecture de G. B. Lami, dans la Bibliothèque Riccardiana, Florence.* Toile. — H., 0,635 ; L., 0,82.

148. LESSI (Tito). *Le Dimanche au Couvent.*
Panneau. — H., 0,48 ; L., 0,63.

149. LESSI (Tito). *Dans le Jardin de Monseigneur.*
Panneau. — H., 0,465 ; L., 0,575.

150. LESSI (Tito). *Une Religieuse.*
Panneau. — H., 0,40 ; L., 0,32.

151. LESSI (Tito). *Religieuse cousant.*
Toile. — H., 0,53 ; L., 0,35.

152. LESSI (Tito). *Le Chapelet.*
Panneau. — H., 0,30 ; L., 0,30.

153. LESSI (Tito). *Moine lisant.*
Panneau. — H., 0,32 ; L., 0,405.

154. LESSI (Tito). *Le Repos à l'Ombre.*
Toile. — H., 0,345 ; L., 0,235.

155. LESSI (Tito). *Le Flûtiste mélomane.*
Panneau. — H., 0,35 ; L., 0,28.

156. LIES (Joseph). *Au Fond du Parc.*
Panneau. — H., 0,545 ; L., 0,46.

157. LINDEN (Félix Ter). *Sapho.*
Toile. — H., 0,59 ; L., 0,68.

158. LINDEN (Félix Ter). *L'Église du Village.*
Toile. — H., 0,69 ; L., 0,68.

159. LINDEN (Félix Ter). *Le Printemps dans la Campagne.*
Toile. — H., 0,325 ; L., 0,49.

160. LINDEN (Félix Ter). *L'Orage sur la Mer.*
Toile. — H., 0,31 ; L., 0,485.

161. LINDEN (Félix Ter). *Coucher de Soleil sur la Mer.*
Toile. — H., 0,39 ; L., 0,59.

162. LINDEN (Félix Ter). *La Ferme au Toit de Tuiles rouges.*
Toile. — H., 0,63 ; L., 0,39.

163. MADOU (Jean-Baptiste). *Soutien mutuel.*
Panneau. — H., 0,64 ; L., 0,51.

164. MUNKACSY (Michel de). *Bavardage sous Bois.*
Toile. — H., 0,88 ; L., 1,25.

165. MUNKACSY (Michel de). *Le Dernier Né.*
Panneau. — H., 0,54 ; L., 0,745.

166. MUNKACSY (Michel de). *Flirt à la Fenêtre.*
Panneau. — H., 0,98 ; L., 0,785.

167. **MUNKACSY (Michel de).** *Le Parc Monceau.*
Panneau. — H., 0,98; L., 0,76.

168. **MUNKACSY (Michel de).** *Mozart mourant dirigeant son Requiem.*
Panneau. — H., 0,525; L., 0,725.

169. **PALMAROLI (Vicente).** *Une Musicienne.*
Panneau. — H., 0,34; L., 0,25.

170. **PETTENKOFEN (Auguste de).** *Campement de Bohémiens.*
Panneau. — H., 0,23; L., 0,385.

171. **PETTENKOFEN (Auguste de).** *La Moisson en Hongrie.*
Panneau. — H., 0,29; L., 0,47.

172. **PETTENKOFEN (Auguste de).** *Soldats au Déjeuner.*
Panneau. — H., 0,295; L., 0,25.

173. **RASCH (Otto).** *Le Disciple.*
Panneau. — H., 0,63; L., 0,80.

174. **ROESELER (Auguste).** « *La Fille de l'Aubergiste* ».
Toile. — H., 1,16; L., 1.50.

175. **STEVENS (Alfred).** *Un Coup de Vent au Tréport.*
Toile. — H., 0,825; L., 0,655.

176. **STEVENS (Alfred).** *Côte près du Havre.*
Toile. — H., 0,65; L., 0,80.

177. **SZYMANOWSKI (W.).** *La Discussion à l'Auberge.*
Toile. — H., 0,98; L., 1,50.

178. **TUCKER (Tudor S. Q.)** *Baignade des Enfants au Soleil couchant.*
Toile. — H., 0,875; L., 1,585.

179. **WAHLBERG (Alfred).** *Soleil couchant sur le Fleuve.*
Toile. — H., 0,515; L., 0,785.

180. **WASHINGTON (Georges).** *Chevaux arabes à l'Abreuvoir.*
Toile. — H., 0,64; L., 0,84.

181. **WILLEMS (Florent).** *La Chiromancienne.*
Panneau. — H., 0,83; L., 0,69.

182. **WILLEMS (Florent).** *La Cour de la Ferme.*
Panneau. — H., 0,60; L., 0,495.

AQUARELLES ET DESSINS
MODERNES ET ANCIENS

(École française)

183. **BIDA (Alexandre).** *L'Anier.*
Haut., 0,21; Larg., 0,28

184. **BILLOTTE (René).** *La Route devant la Vigne.*
Haut., 0,52; Larg., 0,72.

185. CICERI (Eugène). *Cour de Ferme.*

Haut., 0,14; Larg., 0,20.

186. DAUBIGNY (Charles-François), (d'après RUISDAEL). *Le Buisson.*

Haut., 0,32; Larg., 0,40.

187. DREUX (Alfred de). *Mazeppa.*

Haut., 0,745; Larg., 0,975.

188. HEILBUTH (Ferdinand). *Lazzarone endormi. (Saint-Jean-de-Latran.)*

Haut., 0,40; Larg., 0,68.

189. HEILBUTH (Ferdinand). *Le Goûter dans le Jardin.*

Haut., 0,27; Larg., 0,37.

190. HEILBUTH (Ferdinand). *La Forêt au Printemps.*

Haut., 0,44; Larg., 0,29.

191. HEILBUTH (Ferdinand). *L'Allée ombreuse dans la Forêt de Marly.*

Haut., 0,17; Larg., 0,29.

192. HEILBUTH (Ferdinand), (d'après COROT). *La Danse des Nymphes devant un Pan.*

Haut., 0,35; Larg., 0,44.

193. HELLEU (Paul). « *Instantané* ».

Haut., 0,39; Larg., 0,305.

194. HELLEU (Paul). *La Lettre.*

Haut., 0,52; Larg., 0,395.

195. HUGO (Victor). *Le Château féodal.*

Haut., 0,14; Larg., 0,20.

196. JACQUEMART (Jules-Ferdinand). *La jeune Fille au Panier.*

Haut., 0,34; Larg., 0,25.

197. JACQUEMART (Jules-Ferdinand). *Paysanne allant remplir sa Cruche.*

Haut., 0,34; Larg., 0,25.

198. JAPY (Louis-Aimé). *Le Bac du Passeur.*

Haut., 0,53; Larg., 0,64.

199. JAPY (Louis-Aimé). *Le Berger et son Troupeau.*

Haut., 0,63; Larg., 0,525.

200. JAPY (Louis-Aimé). *Troupeau de Moutons paissant en Plaine.*

Haut., 0,58; Larg., 0,71.

201. LAMI (Louis-Eugène). *Le Baise-Main à la Cour d'Angleterre.*

Haut., 0,255; Larg., 0,205.

202. PRUD'HON (Pierre-Paul), (Attribué à). *La Justice.*

Haut., 0,40; Larg., 0,495.

203. RENOUARD (Paul). " *Police Court* ". (*La Cour correctionnelle.*) (*Étude Londonienne*).

Haut., 0,44; Larg., 0,60.

204. RENOUARD (Paul). " *Land League* ". (*Le Retour de la Fanfare sous l'Averse.*) (*Étude Londonienne.*)

Haut., 0,265; Larg., 0,39.

205. RENOUARD (Paul). " *Board School* ". (*Étude Londonienne.*)

Haut., 0,295; Larg., 0,375.

206. RENOUARD (Paul). " *Photo 4 Pence* ". (*La Photographie pour 8 sous.*) (*Étude Londonienne.*)

Haut., 0,255; Larg., 0,345.

207. RENOUARD (Paul). *Soutiens de Famille.* (Étude Londonienne.)
Haut., 0,315; Larg., 0,245.

208. RENOUARD (Paul). *" Babies' Class".* (*La Crèche.*) (Étude Londonienne.)
Haut., 0,255; Larg., 0,385.

209. ROUSSEAU (Théodore). *La Mare parmi les Bruyères.*
Haut., 0,13; Larg., 0,19.

210. ROUSSEAU (Théodore). *La Chaussée du Roi.*
Haut., 0,195; Larg., 0,275.

211. ROUSSEAU (Théodore). *La F.*
Haut., 0,17; Larg., 0,175.

212. ROUSSEAU (Théodore). *Les Châtaigniers.*
Haut., 0,17; Larg., 0,29.

213. ROUSSEAU (Théodore). *La Vallée entre les grands Arbres.*
Haut., 0,115; Larg., 0,16.

214. ROUSSEAU (Théodore). *L'Automne dans la Forêt.*
Haut., 0,125; Larg., 0,225.

215. ROUSSEAU (Théodore). *Le Buisson parmi les Roches.*
Haut., 0,125; Larg., 0,18.

216. ROUSSEAU (Théodore). *Massif d'Arbres au tournant d'une Rivière.*
Haut., 0,12; Larg., 0,18.

217. ROUSSEAU (Théodore). *La Mare dans la Clairière.*
Haut., 0,12; Larg., 0,19.

218. ROUSSEAU (Théodore). *Les Rochers au Bas-Bréau. Forêt de Fontainebleau.*
Haut., 0,115; Larg., 0,145.

219. ROUSSEAU (Théodore). *Le Sentier dans la Forêt.*
Haut., 0,085; Larg., 0,11.

220. ROUSSEAU (Théodore). *Chaland amarré au Bord d'une Rivière.*
Haut., 0,065; Larg., 0,115.

221. ROUSSEAU (Théodore). *La Mare dans la Plaine.*
Haut., 0,30; Larg., 0,40.

222. ROUSSEAU (Théodore). *Vallonnement dans la Forêt.*
Haut., 0,375; Larg., 0,50.

223. ROUSSEAU (Théodore). *La Clairière dans la Forêt.*
Haut., 0,18; Larg., 0,235.

224. ROUSSEAU (Théodore). *Tournant de Rivière.*
Haut., 0,28; Larg., 0,44.

225. TROYON (Constant). *Bord de la Seine.*
Haut., 0,22; Larg., 0,33.

226. TROYON (Constant). *Bachot au Bord d'un Canal.*
Haut., 0,225; Larg., 0,37.

AQUARELLES
ET DESSINS MODERNES
(Écoles diverses)

227. **ARTZ (D. A. C.).** *Le Nouveau-Né.*
Haut., 0,47 ; Larg., 0,67.

228. **BONINGTON (Richard Parkes).** *L'Ara.*
Haut., 0,17 ; Larg., 0,20.

229. **FORTUNY (Mariano).** *La belle Espagnole.*
Haut., 0,25 ; Larg., 0,20.

230. **HANRATH (Théodore)** *Le Départ pour le Pâturage.*
Haut., 0,255 ; Larg., 0,39.

231. **HANSON (Albert J.).** *Vue de Fairy Bower et Baie de Shelley Manly, près de Sydney, Australie.* Haut., 0,595 ; Larg., 0,915.

232. **KNAUS (Louis).** *Fillette interrogeant l'Horizon.*
Haut., 0,47 ; Larg., 0,35.

233. **KNAUS (Louis).** *Portrait de jeune Femme.*
Haut., 0,365 ; Larg, 0,27.

234. **KNAUS (Louis).** *Enfant lisant.*
Haut., 0,375 ; Larg ,0,29.

235. **LESSI (Tito).** *Moine lisant un Texte.*
Haut., 0,34 ; Larg., 0,215.

236. **LESSI (Tito).** *« Papa Diogène ».*
Haut., 0,48 ; Larg., 0,265.

237. **LESSI (Tito).** *Jour d'Audience au Vatican.*
Haut., 0,36 ; Larg., 0,595.

238. **LESSI (Tito).** *Le Marchand de Journaux.*
Haut., 0,49 ; Larg., 0,27.

239. **LESSI (Tito).** *La bonne Soupe.*
Haut, 0,33 ; Larg., 0,21.

240. **LESSI (Tito).** *Une Reprise difficile.*
Haut., 0,40 ; Larg., 0,30.

241. **LESSI (Tito).** *Le Vannier de Fiaschi.*
Haut., 0,45 ; Larg., 0,285.

242. **LESSI (Tito).** *Le vieux Marchand d'Allumettes.*
Haut., 0,435 ; Larg., 0,29.

243. **LESSI (Tito).** *Le vieux Joueur d'Accordéon.*
Haut., 0,435 ; Larg., 0,225.

244. **LISTER-LISTER (Mme W.).** *Vue du Mont Kemble. Nouvelle-Galles du Sud.* Toile. Haut., 0,92 ; Larg., 1,485.

245. **LISTER-LISTER (Mme W.).** *Les Mouettes.*
Haut., 0,765 ; Larg., 1,335.

246. MAUVE (Anton). *Intérieur Hollandais.*
Haut., 0,37 ; Larg., 0,50. ....

247. PETTENKOFEN (Auguste de). *Scène de Rue.*
Haut., 0,54 ; Larg., 0,41. ....

248. PETTENKOFEN (Auguste de). *Tzigane allaitant son Enfant.*
Haut., 0,255 ; Larg., 0,19. ....

249. STEVENS (Alfred). *La jeune Fille à l'Œillet rouge.*
Haut., 0,585 ; Larg., 0,485. ....

250. TURNER (J. M. W.). *Ciel d'Aurore.*
Haut., 0,245 ; Larg., 0,36. ....

251. TURNER (J. M. W.). *Marine.*
Haut., 0,24 ; Larg. 0,35. ....

252. TURNER (J. M. W.). *Le Ciel d'Or.*
Haut., 0,245 ; Larg., 0,355. ....

253. TURNER (J. M. W.). *Le Rouget.*
Haut., 0,18 ; Larg., 0,27. ....

254. TURNER (J. M. W.). *Les Glaciers se mirant dans le Lac.*
Haut., 0,19 ; Larg., 0,275. ....

255. TURNER (J. M. W.) (Attribué à). *Quinze Études (peintes à l'huile) dans le même cadre.*
....

AQUARELLES

ET DESSINS ANCIENS

(Écoles diverses)

256. BAKHUYSEN (Ludolf). *Sloops de Pêche à l'Ancre.*
Haut., 0,17 ; Larg., 0,285. ....

257. BOUCHER (François). *Une Bergère.*
Haut., 0,29 ; Larg., 0,21. ....

258. BOUCHER (François). *Cour de Ferme.*
Haut., 0,23 ; Larg., 0,335. ....

259. BOUCHER (François). *Jeune Fille.*
Haut., 0,265 ; Larg., 0,20. ....

260. BOUCHER (François). *Jeune Bergère.*
Haut., 0,21 ; Larg., 0,15. ....

261. CONSTABLE (John). *" Spring ploughing, East Bergholt. Common Hail Squalls ".*
Haut., 0,15, Larg., 0,24. ....

262. CONSTABLE (John). *Harty Ferry, East Suxle, près de Whitestable.*
Haut., 0,165 ; Larg., 0,245. ....

263. CONSTABLE (John). *Groupe d'Arbres au Bord du Lac.*
Haut., 0,195 ; Larg., 0,245. ....

264. CONSTABLE (John). *Maison de Golding Constable, Père de l'Artiste, à East-Bergholt.*
Haut., 0,17 ; Larg., 0,24. ....

265. **CONSTABLE (John)**. *Les Ruines de Hadley Hall.*
Haut., 0,195 ; Larg. 0,185.

266. **CONSTABLE (John)**. *Un Poisson.*
Haut., 0,20 ; Larg., 0,29.

267. **CONSTABLE (John)**. *Vue à Hythe, près de Southton Waters.*
Haut., 0,175 ; Larg., 0,245.

268. **CONSTABLE (John)**. *" In Deadham Vale ".*
Haut., 0,14 ; Larg., 0,195.

269. **CONSTABLE (John)**. *Maison rustique.*
Haut., 0,16 ; Larg., 0,165.

270. **CONSTABLE (John)**. *Études d'Arbres.*
Haut., 0,26 ; Larg., 0,23.

271. **CONSTABLE (John)**. *Sept Dessins non encadrés.*

272. **CONSTABLE (John)**. *Huit Dessins non encadrés.*

273. **CONSTABLE (John)**. *Douze Dessins et Aquarelles non encadrés.*

274. **GOYEN (Jan van)**. *Petite Ville au Bord d'une Rivière.*
Haut., 0,175 ; Larg., 0,27.

275. **GOYEN (Jan van)**. *Cavaliers arrêtés au Bord de la Rivière.*
Haut., 0,11 ; Larg., 0,19.

276. **GOYEN (Jan van)**. *Village au Bord de l'Eau.*
Haut., 0,125 ; Larg., 0,19.

277. **GOYEN (Jan van)**. *Paysage et Figures.*
Haut., 0,18 ; Larg., 0,205.

278. **OSTADE (Adriaen van)**. *Buveurs à l'Auberge.*
Haut., 0,225 ; Larg., 0,275.

279. **PARMIGIANO (Francesco Mazzola, dit IL)** (Attribué à).
Études d'Enfant nu et drapé. Haut., 0,215 ; Larg., 0,075.

280. **REMBRANDT VAN RYN.** *Le Départ de l'Enfant prodigue.*
Haut., 0,145 ; Larg., 0,225.

281. **REMBRANDT VAN RYN.** *La Présentation au Temple.*
Haut., 0,19 ; Larg., 0,20.

282. **REMBRANDT VAN RYN** (Attribué à). *Vue d'une Ville de Hollande.*
Haut., 0,12 ; Larg., 0,195.

283. **RUBENS (Petrus Paulus)**. *Amazones surprises au Bain.*
Haut., 0,445 ; Larg., 0,62.

284. **RUISDAEL (Jacob van)**. *Ville au Bord d'une Rivière.*
Haut., 0,145 ; Larg., 0,19.

285. **TRINQUESSE (L.-R.)**. *Son Portrait par Lui-même.*
Rond, 0,10 de diamètre.

PARIS, IMP. LAHURE

RED. :

graphicom
3793.03.10

MIRE ISO N° 1
NF Z 43-007
AFNOR
Cedex 7 - 92080 PARIS-LA-DÉFENSE

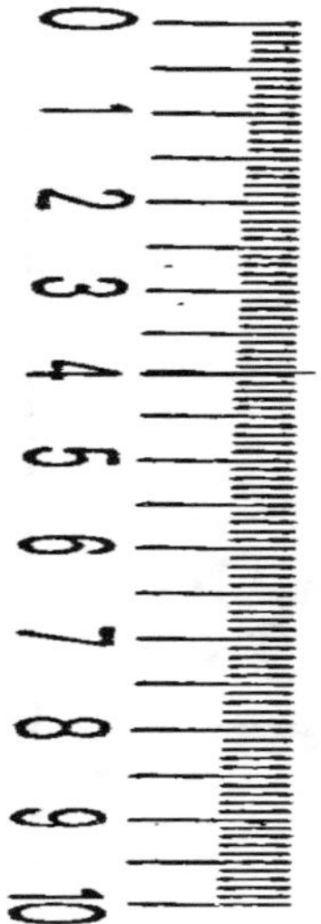

BIBLIOTHEQUE
NATIONALE
DE FRANCE

****

CHATEAU
DE
SABLE
1996

www.ingramcontent.com/pod-product-compliance
Lightning Source LLC
LaVergne TN
LVHW011506170726
843501LV00009B/3632